Moglie sottomessa 2

Collezione di dominazione erotica

Erika Sanders

ERIKA SANDERS

Moglie sottomessa 2
Erika Sanders

Collezione di dominazione erótica
Vol. 16

@Erika Sanders, 2024

Immagine di copertina: @ Peninah - Pixabay, 2024

Prima edizione: 2024

Tutti i diritti riservati. La riproduzione totale o parziale dell'opera è vietata senza l'espressa autorizzazione de la titolare dei diritti d'autore.

Sinossi

Una moglie e madre bianca decide finalmente di assecondare la sua fantasia più profonda, antica e perversa con una ragazza di colore...

Moglie sottomessa 2 è una storia con un forte contenuto erotico BDSM e, a sua volta, appartiene anche alla collezione Erotic Domination, una serie di romanzi ad alto contenuto romantico ed erotico BDSM.

(Tutti i personaggi hanno almeno 18 anni)

Nota sull'autrice:

Erika Sanders è una scrittrice di fama internazionale, tradotta in più di venti lingue, che firma i suoi scritti più erotici, lontani dalla sua solita prosa, con il suo cognome da nubile.

Indice:

MOGLIE SOTTOMESSA 2
ERIKA SANDERS

11

CAPITOLO I

Con attenzione infilo i miei bambini nel letto, tirando le coperte sulle loro spalle e dando loro il bacio della buonanotte in fronte. Accidenti, sembrano tali angeli sdraiati lì che si addormentano. Sto sopra di loro per un momento a guardare i loro volti pacifici e inizio a invidiarli. Le loro vite sono così semplici a questo punto, non come la mia. Oh li invidio.

Spegnendo la lampada chiudo lentamente la porta dietro di me, attenta a non fare rumore. Procedendo lungo il corridoio, giungo nella mia camera da letto, dove il mio meraviglioso marito giace profondamente addormentato. Sospiro soddisfatto alla vista, così felice di avere un uomo come lui. Sono davvero fortunato ad avere la famiglia che ho. Avere una casa così, una macchina meravigliosa e un buon lavoro. Eppure... c'è sempre stato qualcosa che mancava. Qualcosa che bramavo segretamente da molto, molto tempo. Qualcosa che non posso più andare avanti senza provare almeno una volta.

Con il massimo dei sensi di colpa prendo la borsa dal comodino e chiudo con cura la porta della camera da letto. Faccio meno rumore possibile mentre mi muovo verso la parte anteriore della casa. Ci vuole molto coraggio per girare quella manopola, ma lo faccio.

Per venti minuti guido attraverso la città. Anche se so dove sto andando, mi sento ancora perso. Questo è un grande passo che sto facendo. Fino ad ora era tutto nella mia mente. I miei sogni, le mie fantasie. Tutto al sicuro nascosto nella parte posteriore del mio cervello contorto dai tempi del liceo. Ai tempi in cui "Lei" l'ha messo lì per la prima volta.

Stavo lasciando la mia famiglia alle spalle, anche se solo brevemente, per realizzare finalmente i desideri di quel giorno così tanto tempo fa.

Svoltando l'angolo li vedo subito. Giovani donne della notte appena vestite che camminano su e giù per la strada. Bianchi, asiatici, neri o ispanici. Tutti in competizione per l'attenzione delle varie auto in tinte scure che passano lungo le loro fiancate. Rimango all'angolo, la mia macchina inattiva mentre fisso le donne, cercando quella che sono qui per vedere.

"Ultima possibilità", mi sussurro. Non dovevo ancora farlo. Per quanto la mia fica stesse implorando di spingere la macchina in avanti, il mio cervello mi supplicava di girare il volante. Per tornare dai miei figli, da mio marito, dalla mia casa. Essere una donna normale che non aveva bisogno di mettere in scena le sue fantasie inzuppate di mutandine.

Avrei potuto davvero ascoltare il mio cervello se non l'avessi vista un momento dopo. La carnagione scura della ragazza che ero venuto a vedere era inconfondibile. La ragazza che stavo guardando camminare su e giù per queste strade per quasi un mese. La ragazza di colore che avevo scelto di abusare del mio corpo stasera come la ragazza di colore al liceo non ha mai fatto.

Spegnendo il cervello, il mio piede preme sul gas. Svoltando l'angolo avvicino sempre di più l'auto. Potevo vedere chiaramente che indossava il suo tipico outfit da strada. Microgonna che le abbraccia il culo, top a tubino rosa attillato che rivela ogni curva e protuberanza del suo seno e, naturalmente, quei tacchi rossi lucidi.

Sono quasi su di lei quando finalmente si gira verso di me e nota il SUV verde che rotola al suo fianco. Premendo a fondo sui freni, l'auto si ferma proprio mentre picchietta sul finestrino del passeggero. Con un ultimo respiro profondo lo premo verso il basso.

Riesco a vedere lo sguardo sorpreso quando vede chi è l'autista, chiaramente non si aspetta una donna. Si prende un momento per guardare nel sedile posteriore per vedere se c'è qualcun altro, poi torna a guardare me.

"Alla ricerca di un buon momento stasera signora?"

Annuisco timidamente la testa, troppo nervosa per sapere cos'altro fare.

Apre casualmente la porta aperta ed entra. Sono sbalordito di essere davvero arrivato così lontano, avendo una prostituta dentro la mia macchina. L'unica domanda rimasta da sapere è se farebbe davvero quello che le chiedo una volta che glielo dico. Se riesce a guardare oltre la strana natura della mia richiesta e soddisfare ciò che desidero da lei.

"Qui dentro o da qualche altra parte?"

La guardo muto, mentalmente troppo eccitato per reagire alla sua domanda.

"Vuoi scatenarti in macchina o da qualche altra parte?"

"Da qualche altra parte." sussurro, riprendendo leggermente i sensi.

"Ok, ma paghi anche per la stanza."

Annuisco, poi le permetto di dirigermi per un paio di isolati finché non arriviamo a un complesso di motel dall'aspetto modesto. Per tutto il tempo che guido posso vederla guardarmi con la coda dell'occhio. Posso dire che sta cercando di capirmi e scoprire a quale gioco potrei giocare. Perché questa donna bianca dall'aspetto normale su un SUV dovrebbe richiedere servizi a una ragazza come lei?

Mentre lei aspettava fuori, sono andato nell'atrio a prendere una stanza. Il ragazzo deve aver visto quanto ero nervoso mentre la mia mano tremante firmava per la stanza e gli prendeva la chiave. Per fortuna non si è degnato di chiedere dei miei guai.

CAPITOLO II

La stanza n. 05 era ciò che mi aveva dato. La ragazza stava aspettando proprio lì accanto a me mentre cercavo di aprire la porta. Ormai aveva perso la sua precedente curiosità per me e aspettava con impazienza che finissi tutto. Per un breve momento considero di ritirarmi, mettendo in dubbio la follia delle mie azioni. Cosa stavo facendo qui? Avevo davvero bisogno di questa donna di colore per soddisfare la mia fantasia più profonda, più antica e più perversa? La masturbazione non era più abbastanza buona?

Prima di aprire la porta, mi guardo indietro un'ultima volta e vedo il suo bel viso nero. No, la masturbazione non farebbe più per me.

Ero sempre così nervoso mentre lei sedeva sul letto in silenzio, a studiarmi, cercando di capire se fossi legittimo o solo pazzo come sembravo. Non riuscivo a smettere di agitarmi mentre lei mi fissava dall'angolo del letto, facendomi sentire un tale sciocco. Chi chiede queste cose? Questo era sbagliato.

"Vuoi che faccia cosa?"

Sapevo che non avrebbe capito immediatamente. È così complicato, eppure così infantile.

"Io....voglio che tu... (Ho bevuto un altro sorso acquoso) ...Dominami!"

Di nuovo mi fissò, probabilmente cercando di formarsi un'immagine della mia assurdità nella sua mente. Non si stava formando abbastanza velocemente.

"Beh, tipo come?"

Cavolo, speravo che non facesse troppe domande. La pago e lei mi dominerebbe. Cosa c'è di così difficile da capire?

"Voglio che mi tratti... come... (ho trattenuto il respiro)... sporco!"

Un sorriso si insinuò sul suo viso giovane e grazioso. Un sorriso che mi diceva che le piaceva quello che sentiva, anche se così strano. Poi il sorriso si trasformò in uno di maggiore curiosità.

"Come mai"

"Oh, per favore, dobbiamo discuterne? Sono disposto a pagare..."

"Signora, non capita tutti i giorni che una donna bianca dall'aspetto stravagante con un SUV mi chieda di trattarla come spazzatura. Qual è il trucco?"

Presa? Questa ragazza vuole sapere se c'è un problema? Non può semplicemente dire di sì? Non può accettare di punirmi come avrebbe dovuto fare quella puttana nera del liceo?

"O mi dici per cosa sei veramente qui, o me ne vado!"

Detto questo si alzò in piedi e si diresse verso la porta.

"ASPETTARE!" Ho pianto dopo di lei. Non mi sono avvicinato così tanto solo per essere negato. "Per favore, non andare."

Si voltò e mi guardò direttamente.

"Io....ho questa....fantasia..."

"Sì?....."

"Riguarda questa ragazza che conoscevo ai tempi del liceo. Una ragazza di colore."

"Continua!" Alzò un sopracciglio di vivace curiosità mentre abbassavo lo sguardo vergognosamente a terra.

"Beh, io e lei... beh... non siamo mai andati d'accordo. Vedi, era una delle poche ragazze nere della scuola in quel momento e beh, io e le mie amiche la prendevamo in giro incessantemente."

"Non sembra molto carino da parte tua." Adesso sembrava un po' turbata.

"Sì bene... è quello che fanno le ragazze agli altri che non si 'adattano esattamente.'"

"Non devi dirmelo signora. Sono cresciuta sentendo le stronzate che le donne bianche dicono alle nostre spalle."

Un formicolio mi salì la schiena a quelle parole. Mi stavo un po' preoccupando di poterla offendere. Eppure lo sguardo nei suoi occhi mi diceva che avrei fatto meglio a continuare a spiegarmi.

"Io...penso di essere stata la peggiore con lei. Sono sempre stata una delle prime ragazze ad avviare qualcosa, prendendosi gioco dei suoi capelli, dei suoi vestiti, del suo viso, del suo background..."

"E l'ha appena presa? Non ha mai cercato di vendicarsi di te?" Potevo sicuramente percepire la rabbia nella sua voce.

"No, mai. Fino a un giorno."

La giovane prostituta tornò lentamente verso il letto dove sedeva sul bordo, ora apparentemente pronta per il vero motivo per cui eravamo qui entrambi. Mi guardò con rinnovato interesse.

"È successo in un giorno in cui ero particolarmente cattivo con lei. Io e i miei amici non potevamo lasciarla sola in una delle nostre lezioni e potevo dire che era sia infelice che arrabbiata con noi per averlo fatto. Eppure ingenua come Lo ero, non pensavo a quanto la stessimo facendo infuriare. Avrei dovuto vederla arrivare, ma semplicemente non ero preparata per quello che aveva pianificato dopo la scuola".

Ho potuto vedere che ora era molto interessata alla mia storia.

"Di solito io e i miei due migliori amici tornavamo a casa attraverso i campi sul retro della scuola. Vivevamo non troppo lontano da lì e di solito era una passeggiata piuttosto veloce. Immagino che sapesse che saremmo passati di nuovo lì quel giorno ."

"E? Alla fine ti ha insegnato che puttana è una lezione?"

Un altro brivido attraversò il mio corpo. Sapevo qual era la risposta alla sua domanda. Ci ho pensato per tutta la mia vita adulta.

"No, non l'ha fatto!"

La puttana è rimasta seduta lì a guardarmi, in attesa di ulteriori spiegazioni.

"Più tardi quel giorno, mentre giravamo l'angolo della scuola, ci ha sorpreso da dietro. faccia. Ho visto sguardi fissi mentre incespicavo all'indietro. La cosa successiva che ho capito di essere stata spinta forte contro un muro, il suo viso a pochi centimetri dal mio. Entrambi i miei amici erano rannicchiati in ginocchio, anche le loro guance rosse. "

Un sorriso di sfida andava da un orecchio all'altro sulla prostituta nera, ovviamente approvando le azioni intraprese finora dall'eroina nera nella mia storia.

"Ho cercato di respingerla, di allontanarla da me. Ma dopo molti altri schiaffi, avevo le lacrime agli occhi ed ero totalmente impotente. Quando ho sentito le sue dita intorno al mio collo, la mia attenzione era completamente sua".

"Cos'altro ha fatto?"

"Non molto altro fisicamente. Mi ha semplicemente tenuto il collo stretto nella mano mentre mi rimproverava. Maledicendo me e i miei amici, chiamandoci con nomi orribili e orribili."

"Dimmi come ti ha chiamato ragazze."

"Lei... ci ha chiamato... Stupide fiche razziste bianche!

La puttana annuì con approvazione. Sapevo solo che i miei assegni erano rossi di vergogna.

"Quando ha finito di urlare, aveva completamente assicurato che non l'avrei mai disturbata di nuovo. Liberando il collo dalla sua presa, sono caduto in ginocchio dove mi ha sputato addosso prima di correre oltre i miei amici.

"E?"

"E non l'ho mai più disturbata."

Potevo vedere lo sguardo di delusione nei suoi occhi. Lei, come me, sperava chiaramente che ci fosse di più nella storia.

"Allora dimmi signora. Perché siamo entrambi in questa stanza di motel stasera?"

"Perché...beh...quando ero caduto in ginocchio, il mio...voglio dire...ero...bagnato!" Ha continuato a fissarmi, senza un cambiamento nella sua espressione. "E... i miei capezzoli erano... duri!" Ancora nessuna espressione di cambiamento sul suo viso. "Da allora, tutto ciò a cui ho pensato è stato quel giorno. Le sue dita intorno al mio collo con il suo viso a pochi centimetri dal mio, la sua voce che mi martellava nelle orecchie, i miei amici in lacrime sul pavimento. Cavolo, sembrava così potente, così dominante su di me. Mi sentivo così debole, così patetico, così... impotente davanti a lei. Da quando ho sognato, non... mi sono masturbato al pensiero di cosa succederebbe se. E se avesse deciso di insegnarmi davvero un lezione per essere una... "Stupida fica bianca razzista'? E se mi avesse punito come ho immaginato in tutti questi anni? E se? Ecco perché sono qui con te stasera.

La guardai implorante, senza fiato per le parole emotive che avevo appena pronunciato. Eppure il suo viso per tutto il tempo è rimasto immutato, impassibile.

CAPITOLO III

Per un minuto ci fissammo entrambi. Stavo diventando molto nervoso. Sicuramente deve pensare che sono pazzo. Sicuramente deve rendersi conto della natura perversa della mia richiesta. Quale donna vorrebbe che un'altra abusasse di lei, nera o bianca, denaro o gratis?

Alla fine un sorrisetto è apparso sul suo splendido viso.

"Togliti la camicetta."

Trattenni il respiro per un momento. Voleva solo che me lo togliessi? Questo significava che stava effettivamente acconsentendo a farlo?

Lo sguardo severo sul suo viso portò istintivamente le mie mani sui miei bottoni. Per tutto il tempo in cui mi stavo sbottonando tutto quello che potevo fare era guardarla, cercando di avere un'idea di quello che stava pensando. La mia camicetta è caduta ed è atterrata per i miei piedi sul pavimento. I suoi occhi si centrarono immediatamente sul mio petto coperto di reggiseno.

"Rimuoverlo."

Con un sospiro elettrico ho allungato una mano all'indietro e ho slacciato il reggiseno da dietro, tirandolo in avanti e lasciando che i miei seni pallidi si liberassero. Immediatamente un sorrisetto sornione apparve sul suo viso mentre osservava le dimensioni delle mie tette. Per la prima volta dai tempi del liceo, mi sentivo impotente davanti a una donna di colore.

Ho lasciato cadere il reggiseno dalle mie mani.

Senza mai staccare gli occhi dal mio petto, si alzò dal letto e si mosse lentamente verso il punto in cui mi trovavo. Ormai stavo tremando distintamente davanti a lei.

Un gemito sfuggì dalle mie labbra quando le sue mani calde e morbide abbracciarono entrambe le sfere carnose. Ammetto liberamente quanto sia stato bello essere accarezzati in questo modo delicato.

Chiudendo gli occhi rimasi passivamente lì mentre la lasciavo giocare con loro, sentendo le sue dita vagare, prima di trovare la strada verso il centro di ogni seno, verso i capezzoli duri come la roccia che sapevo stavano chiedendo attenzione. Accidenti, avevo bisogno di questo. Anche senza le fantasie, ne avevo davvero bisogno.

"Quattrocento dollari." Aprii gli occhi e la guardai.

Mi ero quasi dimenticato di questa parte, la trattativa. Mentre le sue dita si strinsero attorno a ciascun capezzolo, non ero quasi in posizione per non essere d'accordo con il suo prezzo. Intorpidito annuii con la testa.

"Sei pazzo lo sai?"

Ancora una volta, insensibile, annuii con la testa. Sicuramente lo ero.

Lasciando andare i miei capezzoli tornò al bordo del letto e si sedette su di esso.

"Prima paghi! Non voglio che dopo ti lamenti che sono stato troppo duro con te."

Mi diressi rapidamente verso la mia borsa dall'altra parte della stanza. Volevo che questo iniziasse il prima possibile. Mentre mi muovevo, i miei seni tremolavano in modo abbastanza comico, ne sono sicuro. Allungando una mano, sollevai la borsa dalla sedia e l'aprii, tirando fuori quattro banconote da cento dollari croccanti. Tornando verso di lei, me le prese di mano.

"Sapete che non capirò mai voi donne bianche," disse beffarda mentre alzava i conti alla luce, controllando se fossero reali. "Ti comporti sempre come se fossi il top del pool genetico", ha messo le banconote nella sua parte superiore, tra la sua scollatura scura. "solo per presentarsi qui implorando di avere..."

Si fermò a metà frase, notando per la prima volta il tremore del mio corpo. Poteva vedere quanto fossi davvero nervoso.

"Sei sicuro di volerlo fare?" Chiese, per la prima volta con una punta di compassione. Annuii implorante con la testa, guardandola dritto negli occhi. Ne avevo bisogno più di quanto lei sapesse.

Con un sospiro di indifferenza mi disse di mettere le mani dietro la testa. Il mio stomaco si stava effettivamente sussultando con i miei tentativi falliti di respirare normalmente. Alla fine stava accadendo davvero. Tutte le mie fantasie, tutti i miei sogni, finalmente li avrei vissuti.

Con le mie mani giunte sopra il mio collo, i miei seni si sollevarono verso di lei.

"Elemosinare!"

Le sbatto le palpebre diverse volte. Elemosinare? Ma... ma la stavo pagando?

"Per favore, non costringermi." piagnucolai, rendendomi conto di quanto sarebbe stato più imbarazzante farlo.

"Niente mendicare, niente giocare!"

Guardai di nuovo il suo viso, una piccola lacrima che mi si accumulava nell'occhio destro.

"Per favore... Padrona, lo farai... tu..."

"MISTRESS? HAH, nessuno mi ha mai chiamato così prima. Mi piace, dillo di nuovo!"

"Per favore padrona, mi vorresti gentilmente... punirmi?" Guardai il mio petto verso le due sfere bianche ondeggianti. Le stesse due sfere che mio marito ama accarezzare e accarezzare. Gli stessi seni di cui sono sempre stato orgoglioso. Le stesse due tette che ora stavo offrendo alle mani di una prostituta nera sui vent'anni.

"Punire quale signora? Cosa vorresti che io punissi?"

Non c'era più motivo di nascondere le pretese. La stavo pagando per abusare del mio corpo, ed era ora di dirle di fare esattamente questo.

"Le mie TETTE, padrona! Per favore punitele!"

Ho sentito una risatina sfuggire alle sue labbra.

"Ma sono così belle cose bianche. Perché vorresti renderle tutte rosse e doloranti?"

"Per favore, ferili e basta!" Non potevo credere che stavo davvero implorando così tanto per questo. Non aveva quattrocento dollari nel top per i suoi guai?

"Non finché la bella signora bianca non mi dice perché vuole che una puttana nera le schiaffeggi le tette carine!"

"Perché perché..."

"Perché?"

"PERCHE' SONO UNA STUPIDA FIGA RAZZISTA BIANCA!"

(SCHIAFFO!)

Le parole sono appena uscite dalla mia bocca magicamente. Non pensavo nemmeno di avere il coraggio di dirle. Eppure nel momento in cui l'ho fatto, un sussulto è scappato rapidamente dalle mie labbra mentre mi ha colpito il seno sinistro con il palmo aperto, totalmente impreparato al dolore pungente che mi stava salendo al cervello. Si fermò, lasciando che i miei seni finissero di dondolarsi sul petto. Ho sempre saputo che il seno era sensibile, ma....

(COLPO)

Questa volta, il mio seno destro tremolava mentre mi mordevo il labbro inferiore.

"Per favore, di più!" ho gracchiato.

(SLAP)....(SLAP)

Il seno sinistro, poi quello destro ondeggiarono mentre sferrava due colpi ugualmente forti. Istintivamente ho lasciato cadere le mie mani sulle mie tette tremolanti, portandole nel mio petto. Ho cercato di strofinare via il dolore, ma pungevano ancora dolorosamente. La mia tormentatrice pagata rimase pazientemente seduta finché non misi di nuovo le mani dietro la testa, offrendo le mie tette arrossate per la sua punizione.

"È questo che dovrebbe succedere alle femmine bianche razziste quando incrociano le donne nere? Le loro grandi tette bianche dovrebbero essere schiaffeggiate per dare loro una lezione?"

Annuii insensibile con la testa.

(SLAP)(SLAP)(SLAP)(SLAP)

Gemevo dolorosamente mentre le mie ginocchia si indebolivano. Faccio fatica a rimanere in piedi con le mani dietro di me. Il dolore era irreale, ma ragazzo mi sono mai sentito così vivo!

(SLAP)(SLAP)(SLAP)(SLAP)(SLAP)

Le lacrime scorrevano sulle mie guance mentre le mie tette volavano dappertutto in sintonia con le sue mani che schiacciavano. Il peso sul mio petto si spostava costantemente dal pesante abuso. Sono riuscita a chiudere gli occhi e a immaginarmi ancora una volta su quel campo. I miei amici sull'erba in stato di shock e lacrime, guardando l'odiata cagna nera che mi afferrava il collo contro il muro, le sue mani che incrociavano il mio petto esposto, insegnandomi la lezione che non ho mai avuto.

"È questo che volevi? (SLAP) È questo che volevi che quella ragazza di colore ribelle ti desse? (WHACK) Per umiliarti di fronte ai tuoi amici schiaffeggiando le tue soffici tette bianche fino a piangere per averne di più?"

"SI, SIGNORA!!!"

(SLAP)(SLAP)(SLAP)(SLAP)

Semplicemente non ne potevo più. Il dolore opprimente alla fine mi prese e con un ultimo grido di disperazione lasciai cadere le mani sulle mie tette arrossate e doloranti e mi ingobbii, cadendo in ginocchio in un torrente di lacrime.

Devo essere stato sul pavimento per alcuni minuti buoni, a piangere e a massaggiarmi i seni per il sollievo. Per tutto il tempo rimase semplicemente seduta sul bordo del letto, ispezionandosi le unghie per eventuali danni. Dopo un altro paio di minuti, fui sorpresa dalla sensazione della sua mano sotto il mio mento, che la sollevava per guardarla di nuovo negli occhi. Ci fissammo per un momento, il mio pianto ridotto a lamenti irregolari quando finalmente parlò.

"Te lo meriti, vero?"

Ho annuito di sì.

"Stupida cagna bianca!"

Annuii di nuovo.

Tenendomi ancora il mento, si sporse in avanti e mi baciò appassionatamente sulle labbra. Chiusi gli occhi e lasciai che la sua lingua fluisse nella mia, godendomi l'esplorazione della mia bocca. Le mie braccia presto cadono flosce lungo i miei fianchi, esponendo di nuovo le mie tette ancora doloranti.

Dopo circa venti secondi tirò indietro il viso e mi guardò di nuovo negli occhi.

"La stupida fica razzista ha già imparato la lezione?"

Ho scosso la testa....no.

Un altro sorriso crudele le apparve sul viso.

CAPITOLO IV

"Al di sopra delle mie ginocchia!"

Lentamente mi alzai da terra e feci per strisciare in grembo, ma lei mi fermò rapidamente. Quando ha indicato la mia gonna, ho capito cosa voleva prima. Con solo un momento di esitazione, ho iniziato a far scivolare il vestito fino alle scarpe, lasciando che le mie mutandine seguissero rapidamente. Anche le mie scarpe e i miei calzini si sono staccati, così che solo la mia fede nuziale è rimasta sul mio corpo. L'ho lasciato acceso mentre mi stendevo con cura sulle sue splendide gambe nere. Mi sono dilettato nella sensazione della mia pancia che scivolava su di loro fino a quando il mio culo era proprio sotto di lei. I miei seni premevano a disagio contro le coperte del letto mentre aspettavo il suo prossimo desiderio punitivo.

Ma dovrei aspettare. Mentre si preparava alla sua mano che schiaffeggiava, si è invece posata dolcemente sulle mie guance. Con delicatezza che solo una donna può conoscere, iniziò ad accarezzare il mio sedere in carne. Chiusi gli occhi e mi godei il dolce bisogno e lo scorrere delle sue dita, sentendo di tanto in tanto le sue unghie solleticarle su di esse.

"Dimmi piccola, quando la signora bianca era cattiva con quella povera ragazza nera della scuola, si eccitava segretamente?"

Non ho risposto, non sapendo esattamente da dove provenisse.

"Rispondimi piccola. Eri scesa ogni volta che tu e le tue puttane bianche snob la prendevano in giro?"

"Sì....sì..."

(SLAP) Sussultai per la sorpresa di tutto questo. La sua mano si era alzata rapidamente e silenziosamente dal mio culo e si era schiantata indietro con forza. Non avevo idea di come facesse a saperlo. Come poteva dire che allora mi ero eccitato a prendere in giro quella puttana?

"Sapevo che facevi una troia. Sapevo che la tua scaltra bianca non poteva fare a meno di sbrodolare di potere dopo aver umiliato una ragazza di colore. Voi donne bianche siete tutte uguali, vi eccitate pensando che siete migliori di noi!" (SCHIAFFO!)

"OWWW....Signora, mi dispiace..."

(SLAP) "Stai zitto porco! Non è colpa tua, è nel tuo sangue. Non puoi fare a meno di essere stronze razziste. Ma questo è lo stesso motivo per cui sei diventato ancora più eccitato quando ha reagito, vero?" (SCHIAFFO)

Gemevo dolorosamente nel letto. La mia mancanza di risposta era una prova sufficiente alla sua domanda. Era tutto vero. Io ero una bella ragazza bianca e lei era stata una ragazza nera di basso ceto. Avrei dovuto essere migliore di lei. Sono stato cresciuto per essere migliore. Eppure con il collo impotente intrappolato nella sua mano, i miei vestiti impotenti sul pavimento, ero alla sua mercé. Questa ragazza nera avrebbe potuto fare a modo suo con me e quel potere mi ha portato alla sottomissione.

(SCHIAFFO)

"Ti ha eccitato che le cose fossero cambiate. Ha ottenuto quelle piccole protuberanze tutte dure, vero? Ha avuto quella figa rosa tutta umida e bagnata che viene mostrata da una ragazza di colore? Giusto Cagna?"

"SÌ PADRONA!!!!"

(SLAP)(SLAP)(SLAP)

"Ma la povera patetica signora bianca voleva di più, vero? (SLAP) Voleva essere umiliata (SLAP) e maltrattata (SLAP) e trasformata in una puttana nera (SLAP) vero?"

"Sì Padrona PER FAVORE! Per favore, fammi la tua cagna! Abusami, umiliami. Lo merito così tanto. Per favore!!!!!!"

(SLAP)(SLAP)(SLAP)(SLAP).....

Ho perso il conto del numero di schiacciate sul mio culo una volta bianco. Tutto quello che sapevo era che stavo rivivendo completamente l'esperienza della mia mente. Ero totalmente indietro nel tempo, al liceo, indietro nei campi. Mi stavo spogliando completamente di fronte ai miei amici, immaginando che il mio culo venisse schiacciato più e più volte dalla ragazza di colore nel modo in cui ho sognato per anni da allora. Non mi importava che il mio culo fosse in fiamme, o che probabilmente mi sarei pentito di quello che stavo permettendo. Non mi importava che fosse una prostituta nera a malapena legale a darmi il mio dolore o la mia punizione. NON HO CURA!

Non avevo idea di quando avesse effettivamente smesso di sculacciarmi. Devo aver scalciato e pianto in grembo per un po' di tempo prima di tornare in me. Era tornata ad accarezzare di nuovo i miei assegni. Nonostante fosse morbida e gentile come lo era stata prima, la mia pelle infiammata formicolava per il dolore ad ogni movimento delle sue dita e sussultavo costantemente.

Poi i miei occhi si spalancarono mentre le sue dita scivolavano dalle mie guance fino alle mie cosce. Incoraggiandomi ad allargare le ginocchia si è presto premuta contro le mie labbra della fica e, per la prima volta, ho potuto sentire l'aria fresca sopra la sua umidità.

"Questo abuso ti eccita davvero, non è vero?"

Ho nascosto la mia faccia tra le lenzuola per la vergogna.

"In piedi!"

CAPITOLO V

Mi precipitai rapidamente in ginocchio, inebriato dal potente comando nella sua voce. In un secondo ero in piedi davanti a lei, le tette rosse e il culo dolorante.

"Allarga le gambe!"

Ho fatto come mi è stato detto. Si fermò per un momento, aspettando che lo facessi.

"Apri le tue labbra per me!"

Le mie dita tremavano mentre mi allungavo e allargavo il mio sesso oleoso per la mia padrona nera.

Si chinò in avanti e mi esaminò per un momento, fissando il rosa mostrato per lei. I suoi occhi fissi sul mio clitoride, orgogliosamente fuori per farle vedere mentre sollevava la mano destra su di esso.

Tremai mentre due dita scivolavano lungo le mie labbra bagnate prima di posarsi sul mio bocciolo caldo. Quando ha iniziato a strofinare il mio sensibile organo sessuale, ho chiuso gli occhi e mi sono permesso di godermi le nuove meravigliose sensazioni che mi stava dando. Dopo un momento, le sue dita furono sostituite da un pollice, le due dita che ora entravano nella mia vagina molto calda. Prima che me ne rendessi conto, mi stavano scopando le dita proprio lì in mezzo alla stanza. Ho riaperto gli occhi e ho guardato con soggezione mentre le sue dita si muovevano dentro e fuori dalla mia fica mentre il suo pollice mi stuzzicava selvaggiamente il clitoride.

Faccio fatica a rimanere in piedi mentre lei si muoveva sempre più veloce, le mie ginocchia si indebolivano mentre il sudore mi si accumulava sulla fronte. Le mie dita cercano disperatamente di tenere aperte le mie labbra mentre le sue si incastrano sempre più velocemente dentro di me. Poi, nel momento peggiore possibile, si sono fermati improvvisamente. Un'ondata di frustrazione mi assalì mentre i miei occhi volavano sui suoi per una spiegazione del motivo per cui la mia Padrona aveva interrotto il mio piacere. Le sue dita erano ancora dentro di me, ma non si muovevano più.

"Fottili principessa!"

Per un momento non mi sono mossa, non realizzando cosa stava cercando di dirmi di fare.

"Fai muovere quel culo bianco! Scopami le dita come la stupida puttana che sei!"

Piegai le ginocchia e spinsi le sue dita più a fondo dentro di me, poi mi raddrizzai velocemente. In pochi secondi mi stavo fottendo il gatto sulle dita per tutto quello che valevo, piangendo con rinnovato piacere.

Di nuovo chiudo gli occhi e mi permetto di immaginare di essere nel retro della scuola. Entrambi i miei amici ora mi fissano scioccati e disgustati mentre mi appoggio passivamente al muro mentre una mano nera si infila nella parte superiore della mia gonna. Lo sguardo di piacere che mi lava il viso mentre osa trovare il mio sesso bagnato e sottomesso nascosto al sicuro nelle mie mutandine. Lo sguardo di rivoluzione assoluta sui volti del mio amico mentre iniziavo a ricambiare disperatamente.

"Signora, sei davvero patetica, lo sai?"

I miei occhi si riaprono alle sue parole, l'illusione nella mia mente svanisce mentre la fisso avidamente negli occhi. Erano sparite le immagini della scuola e degli amici. Ero tornata ad essere una moglie di mezza età, che scopava le dita lisce di una prostituta nera per quattrocento dollari!

Gemevo mentre scopavo ancora più velocemente, spingendo rapidamente i miei fianchi lungo le sue dita scure come la stupida assoluta che ero. Anche quando il suo pollice ha cominciato a grattarsi tormentosamente contro il mio clitoride, non ho osato fermarmi. Tutto quello che potevo fare era gemere e farmi strada sempre più vicino al disperato rilascio.

In un altro momento avevo completamente abbandonato i miei tentativi di tenere aperte le mie labbra grasse. Continuavano a sfuggirmi di mano. Invece mi portai vergognosamente una mano bagnata alla bocca e mi succhiai le dita mentre l'altra giocava con le mie tette ancora arrossate. Le mie gambe sembravano in fiamme mentre i muscoli in esse lavoravano fino al punto di collassare, spingendo i miei fianchi nelle sue dita.

"È questo quello che fanno le troie bianche quando si scatenano? Si mettono a scopare le loro fiche sporche contro le dita delle donne nere? È così che dimostri la tua superiorità a una donna di colore, scopando le loro dita e pagando per questo?"

"SI PADRONE!"

"Che cosa siete?"

Questa volta non c'è stata alcuna esitazione mentre professavo liberamente il mio titolo degradante: "Sono una sporca stupida fica razzista bianca!"

Improvvisamente le sue dita si tirarono fuori dalla mia fica spremuta per permettere la raffica di schiaffi di figa che seguì immediatamente. Lanciai un grido di dolore disumano mentre spingevo disperatamente il bacino per incontrare la sua mano che schiacciava. In pochi secondi il dolore e il piacere mi travolsero completamente mentre crollavo a terra strillando come un maiale, il mio corpo tremante e convulso come una pazza.

La mia padrona ha appena guardato dal letto il caos che aveva causato alla mia mente e al mio corpo. Per tutto il tempo è stato con il sorriso più ampio. Non pensare nemmeno di chiedermi quanto tempo stavo sborrando ai suoi piedi, solo che mi sono sembrati i momenti più lunghi della mia vita.

Ad un certo punto sono riuscito a riprendere i sensi e sono tornato in ginocchio davanti a lei. Nonostante il dolore pungente alle mie tette, culo e figa, tutta la mia faccia aveva un bagliore. Non avevo mai raggiunto l'orgasmo in quel modo prima, e non mi ero mai avvicinato così tanto a vivere la mia fantasia più profonda. A volte mi sentivo davvero come se fossi tornato a scuola, dominato nel modo in cui avrei sempre voluto essere. Ho sorriso alla mia padrona per avermelo dato e lei ha ricambiato il sorriso caloroso, riconoscendomi.

Eppure il suo sorriso svanì quando iniziò a tendere le braccia verso di me. Mentre premeva delicatamente le mani contro le mie spalle, le permisi di spingermi all'indietro finché non ero sdraiato sulla schiena. Rimasi lì sdraiato passivamente, osservandola mentre si alzava e camminava al mio fianco, finché non era in piedi accanto alla mia testa che riposava. Sollevando una gamba, la mise sopra di me e sull'altro lato della mia faccia.

Ora non avevo altra scelta che alzare lo sguardo, oltre i suoi graziosi polpacci, oltre le sue belle ginocchia, oltre le sue cosce sode, sopra la sua microgonna dove giacevano le sue labbra scure e glabre. Riuscivo a malapena a distinguere i suoi contorni e mi sono reso conto che non mi era mai nemmeno venuto in mente che non avrebbe indossato le mutandine.

Mi guardò per un breve momento, apparentemente godendosi la posizione che ora aveva su di me. Poi senza tante cerimonie sollevò la gonna fino alla vita. Per la prima volta nella mia vita, stavo guardando il sesso molto bagnato di un'altra donna. Lo vedevo luccicare sopra di me mentre lo guardavo come se fossi in trance. Mi ci volle un momento prima che mi rendessi conto che stava abbassando i fianchi sul mio viso.

Ebbi a malapena il tempo di pensare perché la mia testa fu presto racchiusa tra le sue due forti cosce nere. I miei occhi si spalancarono quando le mie labbra premettero proprio contro le sue labbra sessuali. Immediatamente l'odore del sesso riempì le mie narici. L'odore di innumerevoli clienti passati che mi riempiono i polmoni. I suoi succhi, che riuscivano ancora a farsi strada attraverso le mie labbra chiuse, avevano il debole sapore del seme maschile.

Mi sono lamentato nella sua figa per farla scendere, rendendomi pienamente conto della depravazione della mia nuova posizione.

"Apri quelle labbra carine, puttana. Attacca quella lingua dentro di me." Ha ordinato, ma le mie labbra e la mia lingua non si sono ancora mosse. Non era quello che volevo. Non volevo assaporare la sporcizia che giaceva dentro di lei. Non stavo più pensando ai miei giorni al liceo da ragazza bianca snob. Ero totalmente concentrato sul fatto che mi era stato chiesto di pulire la figa usata da una puttana! Non è per questo che l'avevo pagata.

Allungandosi indietro, ha afferrato il mio seno destro slanciato e strinse crudelmente. "Ho detto mangiami, fottuta diga! Succhiami la figa come la fottuta troia lesbica bianca che sei!"

Ho aperto la bocca per urlare dal dolore che proveniva dalla mia tetta e inconsapevolmente ho permesso a più dei suoi succhi contaminati di fluire nella mia bocca, coprendomi la lingua e i denti. Eppure non l'ho ancora mangiata, costringendola a allungare indietro l'altra mano per stringere ancora più forte entrambi i miei poveri seni.

Con un grido soffocato, lanciai la lingua fuori nel suo buco caldo e umido, nel disperato tentativo di fermare il dolore. Immediatamente strinse forte le cosce intorno alla mia testa e incoraggiò la mia lingua.

"Goooood ragazza. Brava ragazza bianca. Pulisci quella figa nera che ami così tanto. Succhia tutte le cattiverie dentro. Sii una brava piccola cameriera per la mia piccola figa."

Avendo poca scelta in materia, ho iniziato a pulire la sua fica usata. Nonostante la mia iniziale repulsione, decisi di risucchiarmi in bocca i resti dei suoi ex clienti paganti. Potrei dire che stava assaporando ogni momento di questo. Non tutti i giorni ha una donna bianca tra le sue cosce ben fottute, e stasera molto probabilmente stava vivendo le sue oscure fantasie a mie spese, letteralmente.

Tutta la mia attenzione era ora concentrata sulla sua fica. Mi sono perso mentre facevo del mio meglio per soddisfarla. Dimenticando alla fine quanto fossero sporchi i liquidi che mi versavano in bocca. Invece ho linguaggiato le sue pieghe e pareti come lei ha chiesto. Ogni tanto si allungava e mi schiaffeggiava i seni per farmi prestare più attenzione.

Quando finalmente è caduta dalla mia faccia insensibile, aveva raggiunto l'orgasmo tre volte e la mia gola e la mia pancia erano ricoperte di cose a cui NON voglio davvero pensare.

Ci siamo entrambi sdraiati sul pavimento della camera d'albergo per un po', senza muovere un solo muscolo mentre cercavamo di recuperare le energie. Onestamente non credo che avrei potuto parlare se avessi voluto, dato che la mia lingua era molle in bocca. Per tutto il tempo le sue dita hanno giocato leggermente con i miei capezzoli ancora eretti mentre ansimava uno accanto all'altro.

Immagino che a causa della sua giovinezza, sia stata in grado di recuperare la sua energia più velocemente di me. Ho guardato dal pavimento mentre alla fine si è alzata, ricomponendosi solo nel modo in cui potrebbe fare una prostituta.

Scomparendo in bagno, presumibilmente per controllarsi i capelli e il trucco, è tornata presto fuori e mi ha guardato per un momento, ancora sdraiata sul pavimento di moquette scadente. La mia faccia coperta dai suoi succhi misti, i miei seni rosati in volo che pulsavano sul mio petto ansante.

Voltandosi verso il divano, vide la mia borsa appoggiata su di esso e si diresse verso di esso. Aprendolo, si arruffò dentro per un momento. Volevo dirle qualcosa, ma non potevo. Alla fine tirò fuori la mano, stringendo altri duecento dollari.

"Penso che una mancia sia nell'ordine, non è vero, signorina?"

Non ho detto niente, ho solo guardato mentre si infilava le banconote nella scollatura come prima.

Abbiamo passato qualche ora in più insieme quella notte. Un po' è stato speso a leccarle e succhiarle le dita dei piedi mentre si riposava sul letto, riacquistando le forze. Le è piaciuto anche dare al mio sedere un'altra sculacciata prima di ordinarmi di scopare il mio clitoride contro le dita dei piedi fino all'orgasmo. All'inizio mi sentivo un completo idiota per averlo fatto, ma dopo un po' me li stavo scopando come una vera troia. Ovviamente ho dovuto leccare di nuovo ogni dito del piede dopo averlo fatto.

Nonostante sia stata totalmente degradata e usata da una prostituta, non mi sono mai sentita così contenta e così viva come quella notte. Non capita tutti i giorni di vivere una fantasia d'infanzia in questo modo e questa ragazza sapeva esattamente cosa volevo, in qualche modo.

Alla fine mi sono fatto strada nella doccia per lavarmi. Quando sono tornato fuori, ha aspettato pazientemente che mi vestissi, godendosi il sussulto del mio viso ogni volta che i panni toccavano una parte dolente del mio corpo. Venti minuti dopo eravamo di nuovo fuori e nel mio SUV, diretti verso il suo familiare angolo di strada. Per tutto il viaggio non ci siamo detti una parola.

Quando finalmente siamo arrivati, è uscita casualmente e si è chiusa la porta alle spalle. Voltandosi, mi guarda con lo stesso sorriso malvagio, mandando brividi lungo la schiena e concentrandosi nella mia figa. Ho abbassato il finestrino.

"Devo ammettere che sei stato il trucco più facile e divertente che abbia mai avuto."

Non sapevo se ringraziarti o no.

"Svegliandomi stamattina, non mi sarei mai aspettato di essere pagato per abusare del corpo di una ragazza bianca. Ma complimenti a te piccola. Se hai delle altre puttane razziste arrapate che conosci, mandale sicuramente a modo mio!"

"Uhm....ok..." Dubitavo seriamente che qualcuno dei miei amici nutrisse le mie stesse fantasie degradanti. Poi ancora...."

"Che cosa siete?" Ordinò, sempre con il sorriso malvagio e seducente. Arrossii quando molte altre prostitute se ne accorsero.

"Sono...."

"CHE COSA SIETE?"

Guardo il sedile del passeggero: "Sono una stupida fica bianca razzista!"

Molte delle altre ragazze si fermarono a metà passo quando senza dubbio sentirono la mia umiliante ammissione. Ma non ho osato guardarne nessuno, anche dopo aver sentito qualche risatina.

"Che sei una bambina, che lo sei. Ci vediamo in giro signora."

E così si voltò e se ne andò a grandi passi per la strada alla ricerca della prossima macchina in roaming. Questo è tutto ciò che ero veramente per lei, un altro trucco. Un secondo dopo la mia macchina ha svoltato l'angolo e lei era fuori vista. Meno di un'ora dopo ero di nuovo a casa. Indietro dove nessuno avrebbe mai voluto farmi del male. Di nuovo nel luogo in cui l'amore era libero e incondizionato. Indietro dove le ragazze nere non hanno mai osato entrare per punirmi. Ero a casa!

Togliendomi i vestiti scivolai con cura accanto a mio marito nel letto, avvolgendo le braccia attorno al suo corpo addormentato. I miei seni facevano male mentre premevano contro la sua schiena nuda, ricordandomi come erano arrivati in quel modo. Un sorriso si insinuò sul mio viso e un formicolio si formò tra le mie cosce prima di cadere in un sonno beato e soddisfatto. Un sonno pieno di nuovi sogni di stupide femmine bianche razziste che ottengono esattamente ciò che si meritano da sexy volpi nere.

FINE

41

DESIDERIO SESSUALE
ERIKA SANDERS

43

Amore mio, voglio che ti siedi davanti al tuo computer e mostri un'immagine, un pezzo visivo, come una figa.

Non il viso e il corpo, solo le ginocchia piegate e le gambe distese.

Con lunghe e belle dita eleganti che separano leggermente le labbra vaginali.

Immagina di entrare e sedermi su questa scrivania completamente vestita.

Ma poiché la tua sedia ha le braccia, metto i miei piedi vestiti con scarpe di tacco alto in pelle nera, avvolgente alla caviglia e dita appuntite su entrambi i lati di te.

Ti appoggi allo schienale e sorridi e anche io mi distendo sorridendo.

Sollevo il mio vestito nero e setoso e vedi che mi mancano le mutandine e che la lucentezza della mia umidità nella mia fessura è già evidente.

Vedrai la punta di un corsetto nero a cui sono anche attaccate le calze.

Sollevo il vestito con entrambe le mani, lo faccio scorrere sulla testa e svelo il corsetto di cuoio largo solo pochi centimetri.

I miei capezzoli sono eretti e alti mentre sporgono dall'alto.

Ti inchini, ma sono qui per giocare con te e indosso le mie scarpe a punta per tenerti dove sei.

Vedo un gallo notevolmente in crescita che deve uscire dai suoi pantaloni e chiederti di decomprimerli.

Mi faccio scorrere la lingua sulle labbra per tutta la lunghezza, sorridendo, mentre mi scivoli giù dai pantaloni.

La testa del tuo cazzo sporge dai tuoi pugili e anche questo ha un po 'di lucentezza esigente.

È così per una buona ragione.

Questa visione del tuo cazzo eretto mi eccita improvvisamente e ti chiedo di leccarmi.

Ti chini in avanti e lo fai, aprendo leggermente le mie labbra per trovare il mio clitoride.

Lo prendi in bocca, quindi sporge un po 'di più.

Avevo solo bisogno di quel tocco della tua lingua per farmi cento.

Mentre mi sistemo, ti chiedo di prendere il tuo cazzo con l'altra mano e accarezzarlo leggermente.

Sì, ma posso dirti che hai bisogno di più, questo non è abbastanza.

Ti costringo a inginocchiarti per portarti completamente in bocca, alternandomi a leccare dalla base alla cima, dall'alto verso il basso e dalla schiena alle palle, leccando l'interno del luogo in cui si trova il cavallo.

Ti piace quello che vedi quando sono in ginocchio, il mio culo è sottile come pochi centimetri di larghezza e il mio ano è stretto e accogliente.

Mi alzo di nuovo perché mi sto avvicinando troppo al climax.

Ti tiro in piedi e i pantaloni scendono oltre le ginocchia.

Hai ancora le scarpe, la cravatta ancora allacciata ma la camicia sbottonata fino in fondo.

Adoro aver bisogno di vedere quanta più pelle possibile della tua pelle.

Ora che sei in piedi ti chiedo di voltarmi le spalle.

Apri le gambe abbastanza da inginocchiarti dietro di te.

La mia lingua ti lecca le gambe, leccando le tue palle e fino alla fessura del tuo culo, leccando e girando la lingua attorno all'ano.

Prendo un vibratore dalla mia borsa e chiedo se posso usarlo su di te, ma prima che tu risponda, lo metto contro la tua pelle.

Con la mia bocca ho lasciato la saliva su tutto il culo in modo da aver lubrificato tutto.

Lo metto a bassa velocità e lo faccio scorrere tra le palle e tra le palle e il buco del culo.

L'altra mano corre tra le tue gambe e afferra il tuo cazzo, accarezzandolo e alimentandolo.

Il vibratore si sente bene nel tuo culo.

Lo metto vicino al tuo ano e faccio scorrere una delle due punte, quella sottile, che è anche la mia preferita.

Scivola dentro e metto l'altra estremità più verso il centro, dietro le tue palle, di nuovo, vedendo come la sensazione ti porta ad un altro livello.

Le tue mani si aggrappano alla scrivania e i tuoi occhi sono chiusi cedendo a tutto ciò che voglio fare.

Ma rimango così, accarezzando un po 'mentre lascio che il ronzio ti faccia pensare a cosa succederà dopo.

Mi fermo bruscamente e ti dico di voltarti.

Lo fai e il tuo viso è arrossato.

Ti stavi davvero divertendo e ti avvicinavi allo stato che desideri.

Ma preferisco rallentare per riportarti alla mia bocca.

Sono caldo come l'inferno e sto perdendo un po 'di controllo.

Quindi ti faccio sedere di nuovo e mi inginocchio davanti a te e ti chiedo di accarezzarti, ma lentamente.

"Accarezza il mio amore."

Mentre mi inginocchio davanti a te e mi sdraio sui talloni.

Accendo il vibratore e lo strofino sulla parte esterna della mia vagina, sopra il clitoride.

Mi ci vuole meno di un secondo per raggiungere l'orgasmo.

Le gambe e le ginocchia sono aperte e tiro indietro la testa, allungando la figa con le mani per farti vedere i muscoli del mio orgasmo muoversi.

Tengo il vibratore fino a quando non ho finito e i miei succhi si riversano.

Ti guardo e ti masturbi, aumentando il ritmo.

Il tuo ritmo è accelerato ed è così eccitante che mi inginocchio, chiedendoti di venire sul mio viso e sul petto.

E sì, certo che lo fai.

Vedo come escono i getti del tuo latte.

Ma finisci per lanciare i getti sullo schermo del computer e sulla tastiera.

Ci salutiamo un'altra volta e spegni la webcam.

FINE

BENVENUTO BAGNATO
ERIKA SANDERS

49

Glenn torna a casa dopo una dura giornata di lavoro e lascia la sua valigetta e il cappotto vicino alla porta.

Trova la casa insolitamente silenziosa, ma non gli presta molta attenzione e si dirige verso la stanza.

Mentre sale le scale, sente l'odore meraviglioso del profumo della sua amata moglie Susan.

Quando raggiunge l'atterraggio, sente dei deboli suoni di musica che fuoriescono leggermente dalla porta della sua camera da letto.

Assicurandosi di non fare rumore, apre lentamente la porta.

"Susan?" dice con una voce maschile abbastanza profonda.

Mentre la porta si apre sempre di più, la vista del suo corpo nudo disteso sul letto lo fa rabbrividire.

"Sì piccola." dice con voce sensuale.

Comincia ad avvicinarsi al letto, ma lei gli fa segno di fermarsi.

Perplesso, fa quello che gli dice sapendo che ha in mente qualcosa.

Lei si alza dal letto.

Il suo corpo si muove con grande grazia.

Non può fare a meno di essere fissato sul suo delizioso petto che si muove leggermente mentre lei cammina verso di lui.

Sente il suo cazzo indurirsi quando passano attraverso i suoi pensieri "È così bella".

Allunga la mano e gli slaccia la cintura.

Anche i pantaloni li sbottona e li abbassa.

Questo lo fa tremare di emozione.

Quando lo vede così eccitato, sorride e tira giù i suoi pugili con un bisogno affamato di succhiare il suo membro duro.

Appoggia delicatamente le mani sul suo cazzo ora eretto, accarezzandolo lentamente.

Quindi allunga la lingua e si lecca la testa prima di metterla in bocca.

Geme quando inizia a succhiare il suo cazzo duro.

Muovendolo dentro e fuori dalla sua bocca sempre più velocemente.

Quindi torna lentamente a un ritmo basso e gira la lingua intorno alla testa mentre la accarezza con la mano.

Geme mentre la sua mano accarezza la testa rosa del suo cazzo.

Quindi si lecca le palle sulla punta del suo cazzo.

Lei lo toglie dalla sua bocca e si alza per baciarlo appassionatamente mentre si toglie la camicia.

Le avvolge le calde braccia attorno a sé, avvicinandola a sé, sentendo i suoi seni premuti contro il suo petto.

Mentre si baciano, le loro mani corrono lungo il suo corpo, sentendo la sua pelle liscia sotto la punta delle sue dita.

Le sue mani si muovono sul suo sedere e lei lo stringe forte.

La solleva nel culo, avvolgendole le gambe attorno alla vita e avvicinandosi al letto.

La sdraia delicatamente e si muove su di lei.

La bacia profondamente, fino al collo e al petto.

Leccare lentamente intorno al seno destro sempre più vicino al suo capezzolo ora eretto.

Mette il suo capezzolo in bocca e lo succhia mordendolo delicatamente.

Spostandosi sull'altro seno, allunga la mano e inizia a strofinare il clitoride, facendole aumentare il respiro e iniziare a gemere leggermente.

Si strofina più veloce mentre le bacia lo stomaco concentrandosi sull'ombelico.

Si sente molto bagnata e la sua respirazione accelera.

Bacia il suo bel tumulo e poi sostituisce le dita con la lingua.

Succhiando delicatamente e mordendosi il clitoride.

Questo la manda in un'ondata di piacere, gemendo.

Quindi inserisce un dito che attraversa le labbra della sua figa gonfia in quel punto segreto e scivoloso.

Fa scivolare il dito dentro e fuori lentamente e poi si precipita inserendo un altro dito mentre lei geme.

Continua a concentrarsi sul succhiare il clitoride mentre le sue dita martellano preziosamente quel posto speciale dentro di lei che conosce la rende assolutamente pazza.

Lei geme ad alta voce e formicola dalla sua gamba destra su e intorno al suo corpo e fuori nella sua gamba sinistra.

"Oh piccola!" geme, "È così bello!"

Glenn sa che se continua così, andrà sicuramente al limite, quindi rallenta e bacia il suo corpo per divorare la bocca.

Condividono un bacio appassionato.

Le loro lingue ballano insieme.

Rimuovendo le dita dalla sua figa bagnata e ora inzuppata, inizia a massaggiarle il seno destro.

I suoi lamenti sono repressi dai baci.

Il bacio si spezza e lei sussurra all'orecchio:

"Ho bisogno di te dentro di me, tesoro."

La menzione del suo cazzo duro che scivola nella figa bagnata del suo amante lo fa ringhiare di lussuria e muoversi su di lei.

Allargando le gambe con i fianchi, si posiziona per entrare in lei.

Giocando con esso, inserisce solo la testa e poi si ritira lentamente.

"Per favore, dammi tutto." lo supplica, ma lui prevale e segue il ritmo del gioco mettendo solo la punta e ritirandola quando inizia a gemere.

Alla fine, in un punto inaspettato, guida il suo duro membro fino a farla urlare.

Comincia a spingerla dentro e fuori lentamente con lunghi e duri colpi.

Comincia ad accarezzare più forte e più veloce tirando il suo sedere per una penetrazione più profonda.

"Oh Dio, ti senti così bene dentro di me. Ti amo così tanto quando mi scopi la figa."

A questo punto ringhia e improvvisamente si ritira.

Le fa cenno di voltarsi e lei lo fa rapidamente con un balzo di emozione.

Sa che entrare da dietro è una delle sue posizioni preferite e adora anche darle così.

Inserisce il suo cazzo in lei e inizia a spingere forte e veloce.

Lei geme forte, dicendolo più forte.

Ama scopare la sua adorabile moglie, quindi inizia a diventare più duro con lei.

Il suo corpo e le palle che sbattevano contro il suo culo ormai rosso.

Comincia a respingere le sue spinte, facendo affondare ulteriormente il suo cazzo dentro.

Entrambi gemono di piacere.

"Oh, io vengo, piccola. Sei pronta per il mio latte?"

"Oh sì piccola, vado anch'io a sborrare."

Ancora qualche colpo e Susan urla di piacere e il suo corpo inizia a tremare quando il suo orgasmo la travolge.

Glenn sente che le pareti della sua figa iniziano a mungere il suo cazzo e non ce la fa più.

Ringhiando il suo nome, spara il suo sperma caldo dentro la sua figa ora cremosa e bagnata.

Esausta per la sua esplosione, Susan si appoggia sui gomiti quando lo sente schizzare qualche altra sborra dentro di lei.

Soddisfatto, e cercando di non cadere su di lei, si ritira lentamente dalla sua figa e la prende per la vita, tirandola sul letto con lui.

Si guardano negli occhi, entrambi offuscati dai potenti orgasmi che erano appena passati attraverso i loro corpi pochi secondi fa.

Una soddisfazione di reciproca conoscenza permane nella stanza mentre i due si addormentano l'uno nelle braccia dell'altro.

FINE

VESTITA PER L'OCCASIONE
ERIKA SANDERS

Il silenzio della notte la circondava, premendola con la sua serenità, cercando di calmare la sua ansia.

Tuttavia, ciò non poteva calmarla.

Sensazioni dilaganti a cui non era abituata, e che non aveva mai provato prima, si insinuarono nel suo corpo, rendendola nervosa.

I suoi tacchi scattarono dolcemente lungo il sentiero lastricato mentre fissava il cielo.

Perché ci vai stasera?

Perché si era vestita così?

Potevo sentire il potere che il suo sguardo aveva su di lei.

Sospirò e lasciò che la sua mente smettesse di pensare agli eventi che potrebbero accadere stanotte.

* * *

Sembrava che ogni sguardo fosse su di lei mentre entrava nella stanza.

I suoi tacchi a spillo scattarono contro il pavimento in legno mentre attraversava la pista da ballo e si avvicinava al bar.

La gonna del suo vestito rosso e nero ondeggiava da un lato all'altro ad ogni gradino, la striscia rossa che scorreva contro il suo ginocchio mentre quella nera era appoggiata a pochi centimetri sopra.

La camicetta le pendeva dalle spalle, sul petto, rimbalzando abbastanza da attirare l'attenzione ad ogni passo che faceva e mostrando una generosa proporzione di pelle.

E senza reggiseno.

Sapeva che aspetto aveva in questo vestito.

Sembrava una volpe.

Aveva finito il look con un girocollo di pizzo nero attorno al collo e solo un tocco di rossetto rosso.

Si sedette tra un uomo e una donna e sorrise al cameriere.

"Ciao James"

"Samy. Com'è bello vederti di nuovo." Lasciò che i suoi occhi scivolassero su di lei lentamente lungo il suo viso e il seno. "Davvero molto bene. E per chi è l'occasione?"

Scosse la testa e sorrise, facendo cadere una ciocca di ricciolo sopra l'orecchio.

"Nessuna possibilità. Volevo solo vestirmi così."

Raggiunse il bancone e le mise il ricciolo dietro l'orecchio.

Le sue dita le sfiorarono il fianco e quasi dimenticò come respirare.

"Dovresti vestirti così più spesso."

"Forse lo farò."

"Lascio il lavoro ora di notte verso le undici. Ti piacerebbe ballare più tardi?"

Lei annuì lentamente, incapace di distogliere lo sguardo dal suo.

Con una precisione molto lenta, si sporse sul bancone e avvicinò le labbra alle sue, approfondendo il bacio abbastanza da farle desiderare di più prima di allontanarsi.

"Circa venti minuti."

* * *

Quei venti minuti non erano mai sembrati più lunghi nella vita di Samy.

Osservava tutto ciò che la circondava sempre consapevole di ogni sua mossa senza nemmeno guardarlo.

Era come se i suoi sensi fossero sintonizzati sul suo corpo, ma continuava a saltare quando la toccò sulla parte posteriore della spalla.

Si era sbottonato il colletto della camicia nera e le stava sorridendo, tendendole la mano.

"Penso che mi devi una danza."

Quando mise una mano nella sua, fu come se una piccola scarica di elettricità attraversasse il suo corpo.

Le sorrise quando la portò in un angolo della pista da ballo e poi la avvicinò al suo corpo quando la canzone cambiò.

Era lento e seducente, e il suo battito cardiaco sembrava corrispondere al suo cuore mentre lei premeva contro di lui.

E già all'improvviso si rese molto conto dei contorni duri che ondulavano sul suo corpo morbido.

Fece scivolare le braccia attorno a lui, premendo le sue lisce curve posteriori con le mani mentre ondeggiavano da un lato all'altro.

Si chinò e premette le labbra contro le sue, separandole delicatamente e seducendola con la lingua.

La sua mano scivolò più in basso sulla schiena, appoggiandosi sul fianco, scivolando abbastanza in basso da accarezzarle una guancia mentre le tirava la parte inferiore del corpo contro la sua.

Rimase a bocca aperta quando sentì quanto lui stesse davvero premendo contro di lei e avrebbe potuto giurare di averlo sentito gemere.

Ma proprio come lui, l'altro cameriere lo chiamò e sospirò, abbassando la testa all'indietro.

"Samy ... sto tornando. Lo giuro. Non andare da nessuna parte."

Annuì scioccamente mentre si allontanava dalla pista da ballo e si dirigeva verso una cabina isolata.

Vide James tornare al bar e chinarsi di nuovo su di lui, parlando con Joseph.

Joseph era il barista sostituto per la notte.

Se ne andava sempre quando James si ritirava.

Quando vide una bionda alta e con le gambe lunghe unirsi a loro, realizzò qualcosa.

Non era quel tipo di ragazza.

Non avevo idea di cosa stavo facendo.

James era il tipo di uomo che era sempre disponibile per qualsiasi ragazza, qualsiasi ragazza alta, bionda e super sexy.

Ed era bassa, scura e latina.

Ha lasciato correre.

Più veloce e silenzioso che poteva.

Si diresse verso la porta e quando si guardò alle spalle vide la bionda appoggiarsi a James e far scivolare le dita lungo il braccio.

Sospirò e scosse la testa mentre proseguiva per la sua strada.

Non sarebbe bene fermarsi a pensarci.

I suoi piedi iniziarono a far male ai talloni, quindi li tolse e si allontanò dal sentiero di ciottoli, lasciando che i suoi piedi la guidassero sulla riva del fiume che conosceva così bene.

Ha scavato i piedi nella riva del fiume e ha semplicemente fissato l'acqua a lungo.

"Cosa stavo pensando?" Alla fine mormorò.

"Questo è quello che vorrei sapere."

Ha quasi urlato quando si è girata.

James era in piedi dietro di lei, le braccia incrociate con rabbia e accigliato.

Ma il cipiglio lentamente fu sostituito da uno sguardo di confusione e preoccupazione.

"Samy, stai piangendo. Cosa c'è che non va in te?"

Distolse lo sguardo da lui e attraversò il fiume verso l'altra riva erbosa.

"Non avresti dovuto. Non avresti dovuto venire al bar stasera vestito così. Non avresti dovuto pensare di avere una possibilità."

"Samy, di che diavolo stai parlando?"

Allungò una mano e lasciò cadere la mano sulla sua spalla.

Stava tremando, aveva freddo.

Si affrettò a togliersi la giacca e se la mise sulle spalle, tirandola dietro per strofinarsi le braccia.

"Sei stato bellissimo lì dentro. Penso di aver dimenticato come dovevo respirare quando sei entrato."

"Ho visto le donne con cui sei di solito. Non sono come loro, James. Non sono elegante o super sexy. Non sono bionda, né alta, né con le gambe lunghe, né ho un corpo perfetto come loro. Non ho soluzione in contro quello. Non sapevo nemmeno cosa stavo facendo. " Lei finì in un sussurro.

"Davvero? Avresti potuto ingannarmi lì dentro."

La girò verso di lui e si sporse in avanti, premendole le labbra sul collo.

Rabbrividì.

"Il tuo corpo si è sentito perfetto quando mi hai premuto contro di te su quella pista da ballo."

Allungò una mano e prese a coppa il petto, tracciando il contorno del suo capezzolo attraverso la camicetta.

La fece rabbrividire un po'.

"Sicuramente questi sembravano sapere cosa volevano fare quando ci stavamo baciando e premendo insieme."

Si chinò su di lei e la costrinse a sdraiarsi finché non fu sdraiata sul pavimento.

"Lascia che ti mostri, Samy. Lascia che ti mostri che sei più di quanto pensi."

Le sue labbra scivolarono contro le sue prima di scivolarle lungo il collo e sopra la camicetta sottile che le copriva il seno.

Il respiro le si bloccò in gola quando le sue labbra trovarono prima un capezzolo e poi l'altro, succhiandole lentamente mentre inarcava al suo tocco.

Le sue dita trovarono abilmente l'orlo della sua camicetta e iniziarono a sollevarla lentamente, stuzzicandola quando fu rivelata.

La sollevò oltre il seno e la tenne appena sopra di loro mentre le baciava il seno destro, assaporandole la pelle.

Gemette quando James finalmente portò le sue labbra sulla cresta del seno, prendendo il capezzolo tra i denti e tirandolo delicatamente prima di succhiarlo.

Gemette ancora più forte mentre la sua mano iniziava a impastare l'altro seno, rotolando ripetutamente il palmo sul capezzolo.

"Vedi?" Respirò contro la sua pelle. "Sei la donna perfetta".

Iniziò a baciarla mentre scendeva, circondandole l'ombelico con la lingua.

James le sorrise mentre prendeva la gonna e invece di tirarla giù, la spinse in alto.

La parte anteriore si ripiegò all'indietro e nel momento successivo posò baci morbidi e giocosi lungo il suo tumulo caldo sopra le sue mutandine.

Era già bagnata.

Poteva sentirlo attraverso le sue mutandine mentre si strofinava il naso contro di lei.

Lei tremò sotto di lui e lui le accarezzò delicatamente le dita su e giù mentre usava i denti per far scivolare le mutandine.

La baciò di nuovo, senza barriere tra le sue labbra e la sua figa.

Cominciò a far scivolare la lingua lungo la sua fessura e lei gemette, i suoi fianchi si inarcarono selvaggiamente in modo da premere la lingua in profondità dentro di lei, rintracciandola sul clitoride.

Samy gemette e inarcò contro la sua lingua, il piacere che scorreva attraverso di lei mentre le sfregava i denti contro il clitoride e le faceva scivolare un dito dentro.

"Ho mentito", respirò contro il suo clitoride. "Non ho semplicemente dimenticato come respirare."

James le succhiò delicatamente il clitoride, il dito che pompava dentro e fuori dalla sua tensione.

"Sono quasi arrivato nei miei pantaloni solo per vederti prima."

Le sue dita gli afferrarono i capelli e lui sorrise contro la sua figa mentre le faceva scivolare un secondo dito dentro, facendole scorrere la lingua sopra il clitoride ripetutamente finché il suo corpo non gli tremò sotto la bocca.

Le sue dita la carezzarono, dentro e fuori, eccitandola, convincendo il suo corpo a rispondere fino a quando lei ondeggiò contro la sua mano e la sua lingua.

"James", la sua voce quasi fallì quando lei si contorse nella sua mano. "Per favore, non fermarti adesso!"

Le sue parole emersero in un lieve tono di complicità, ma aumentarono rapidamente di volume quando urlò di piacere.

Stava mordendo delicatamente il suo clitoride e ora stava succhiandolo forte, e le sue dita che si spingevano dentro di lei prendevano il suo climax.

Si leccò avidamente i suoi succhi e quando il tremore nel suo corpo rallentò,

Quando ebbe finito, si spostò su di lei.

Lui sorrise e appoggiò la fronte contro la sua, lasciando che il suo corpo sfiorasse la sua mentre la guardava negli occhi.

"Te l'ho detto, sei femminile come sono, se non di più."

I suoi occhi brillavano di qualcosa che avrebbe potuto essere in dubbio mentre guardava James negli occhi, ma poi lasciò che le sue dita le scorressero lungo il petto e fino al duro nodo nei suoi pantaloni.

"È per questo che lo hai così difficile?

Perché sono una donna come loro? "

Le sue dita si passarono su e giù contro il suo cazzo, e non poté evitare il lamento che gli scivolò dietro le labbra.

Tuttavia, non ebbe alcuna possibilità di rispondere quando le sue labbra incontrarono le sue e tutti i pensieri furono cancellati dalla sua mente.

Le sue dita scivolarono sul suo petto e abilmente cominciò a sbottonarsi la camicia.

La tirò rapidamente fuori dai pantaloni e lo spinse da parte mentre la tirava per toglierla completamente.

Il bottone sui pantaloni si aprì di scatto e la cerniera scivolò quasi da sola.

Gli tirò giù i pantaloni e i boxer quanto bastava per liberare il suo cazzo e la avvolse con una piccola mano, accarezzandola lentamente in modo che lui gemesse e premesse ansiosamente contro la sua mano.

Gemette di irritazione e si alzò in piedi, togliendosi i pantaloni e i pugili con un solo movimento e voltandosi verso di lei.

Ora era in ginocchio e gli sorrise mentre ancora una volta gli avvolgeva la mano.

Si chinò su di lei, accarezzandola lentamente, chiudendo gli occhi.

Il momento successivo, tuttavia, le aprì mentre le sue labbra si avvolgevano attorno al suo cazzo, spostandole lentamente su e giù sul suo membro duro.

Ora le mise le mani dietro la testa e cominciò lentamente a spingerla dentro e fuori dalla sua bocca, gemendo mentre lei lo succhiava ad ogni movimento.

I soffici colpi non ci volle molto per diventare rapidi e corti, Samy lo succhiava più forte più velocemente scuoteva la testa.

La sua mano accarezzava le sue palle, facendole rotolare avanti e indietro mentre la sua bocca si stringeva attorno a lui.

Quando stava giocando con la lingua sulla testa del suo cazzo, le esplose in bocca.

Deglutì rapidamente quando la mandò a squirtare, premendo la bocca e la gola contro il suo cazzo facendolo venire ancora più forte e con più getti, fino a quando non si esaurì.

Si tolse lentamente il cazzo dalla bocca e lasciò cadere lo sguardo a terra.

Si inginocchiò di fronte a lei, mettendole una mano contro la guancia.

Erano solo a un passo quando il dito di James le tracciò il lato del viso, affondando il dito sotto il mento e alzando gli occhi su di lui.

"Non abbiamo ancora finito."

La sua voce era così bassa che le si gelò la schiena mentre lo fissava meravigliata.

Si chinò e premette le labbra contro di lei, approfondendo rapidamente il bacio.

Quando la sua lingua scivolò oltre le sue labbra, una mano scivolò dietro di lei, attirandola contro di lui in modo che fossero carne per carne.

I suoi capezzoli gli premevano contro il petto con gioia, e la sua nuova erezione premeva forte contro i suoi addominali inferiori.

Si mosse e si strofinò lentamente il corpo lungo di lui, facendolo gemere quando il suo bacio divenne febbrile.

La adagiò di nuovo e le fece scivolare la gonna sulle gambe.

La guardò per un lungo momento prima di muoversi.

Si chinò di nuovo su di lei e la baciò leggermente sulla pancia, appena sopra l'ombelico.

Sorrise contro la sua pelle calda e cominciò a baciarsi verso l'alto, al contrario delle sue precedenti azioni.

Le sue labbra giocavano a malapena contro il suo seno prima di posarsi sul suo collo e accarezzarle il battito del cuore.

Lui pulsava tra le sue gambe, il suo membro premeva contro la sua fessura bagnata mentre lei avvolgeva le gambe intorno alla sua vita e lui le faceva scivolare le braccia attorno.

Con un rapido movimento, James era seduto con lei in grembo e, se possibile, premeva ancora di più il suo cazzo contro di lei.

Lei si dimenò leggermente e lui gemette.

La baciò appena sotto l'orecchio e la tirò delicatamente sul lobo.

"Dimmi, Samy, lo vuoi?"

Il suo respiro era caldo contro la sua pelle e lei tremò.

"Vuoi che il mio grosso cazzo duro sia sepolto nel profondo di te?"

La risposta di Samy sembrò quasi un lamento mentre si strofinava contro di lui.

"Sì. Per favore, James, lo desidero da ..." ma lei si fermò rapidamente, un rossore ancora sulle guance e distolse lo sguardo.

James non ne aveva idea.

Costrinse il suo sguardo a quello di lei e appoggiò la sua erezione contro di lei.

"Termina quello che stavi dicendo."

Lei gemette e le sue unghie affondarono leggermente nella sua pelle.

"Lo desidero da quando ti ho incontrato."

"Allora dimmi quanto lo vuoi."

Non era una richiesta, piuttosto una richiesta mentre le faceva scivolare le dita sul seno, impastando lentamente la sua carne.

Poteva sentire il suo calore irradiarsi contro il suo cazzo e stava facendo del suo meglio per non lanciarla e prenderla.

La sua risposta lo sorprese e frantumò tutto l'autocontrollo che stava usando.

"Non lo voglio. Ne ho bisogno, James."

Adesso i suoi occhi erano fissi sui suoi e lui gemette dolcemente contro la sua pelle mentre lei si avvicinava.

"Ne ho tanto bisogno, l'ho sognato per così tanto tempo. Per favore. Ho bisogno che tu mi scopi."

Non potevo più negarglielo.

Non poteva contenere se stesso dopo quello.

La sollevò fino a quando la testa del suo cazzo premette contro la sua apertura e poi la lasciò rapidamente cadere su di lei.

Entrambi gemettero.

La sua figa era così stretta attorno al suo cazzo che quando ha iniziato a spostarla su e giù sul suo membro, la sua lunghezza dura sembrava ancora più grande chiusa dentro di lei.

Lei gemette e usando le gambe per sfruttare cominciò a saltare sul suo cazzo.

I suoi seni rimbalzarono liberamente contro di lui e i suoi capezzoli lo chiamarono mentre si sporgeva in avanti e iniziava a succhiare.

Gemette e cominciò a saltare più veloce sul suo cazzo, spingendosi continuamente.

Le sue labbra stavano prendendo in giro i suoi capezzoli, attirandoli e succhiandoli, quindi passandoci sopra la lingua e mordicchiandoli mentre rimbalzava con i suoi rimbalzi, gemendo contro la sua pelle, inviando vibrazioni attraverso i suoi morsi.

La sua fica era così bagnata che l'umidità scorreva lungo il suo cazzo e lui gemette mentre lei stringeva intenzionalmente la sua fessura attorno a lui, facendogli resistere ancora.

Li inclinò entrambi in modo che lei fosse di nuovo sulla schiena sull'erba e cominciò a battere forte il suo cazzo dentro e fuori di lei.

Samy gemette ancora più forte, le sue unghie le rastrellarono la schiena mentre un'altra forte spinta la spinse di nuovo al suo culmine.

Lo stretto spasmo intorno al suo cazzo fece rapidamente venire anche James e lui sbatté ancora più velocemente contro di lei, ringhiando mentre il suo sperma caldo la riempiva fino a quando le si rovesciava sulle cosce.

Cadde di lato, ansimando.

Quindi la attirò a sé, lasciandosi morbidi baci sul lato del viso.

"Ora, passeranno altri cinque anni prima che tu abbia il coraggio di farlo di nuovo?"

Lui sorrise e baciò l'angolo delle sue labbra.

"Mai, James."

Samy sorrise e sfiorò le sue labbra contro le sue.

"Bene, perché non credo di poterti togliere le mani per più di un giorno o due."

La risata di Samy echeggiò attraverso il lago e James sorrise mentre si sedeva e la baciava profondamente.

Questo potrebbe sicuramente essere l'inizio di qualcosa di molto interessante.

.

FINE

69

www.ingramcontent.com/pod-product-compliance
Lightning Source LLC
Chambersburg PA
CBHW051819130726
47987CB00003B/1330